LES FEUILLES

DU MATIN

A M. L.

« Je vous ai créé comte palatin, non pas à
cause de votre naissance, non pas à cause
de votre génie; mais parce que vous avez
donné à un siècle pervers l'exemple d'un
amour aussi admirable que désintéressé. »

(*Lettre de l'empereur Wenceslas à
Pétrarque. — Aux eaux de Wiesbaden, 15 juillet 1355.*)

PARIS

TYPOGRAPHIE GEORGES CHAMEROT
RUE DES SAINTS-PÈRES, 19

M DCCC LXXII 

LES FEUILLES

DU MATIN

A M.-L.

« Je vous ai créé comte palatin, non pas à
cause de votre naissance, non pas à cause
de votre génie ; mais parce que vous avez
donné à un siècle pervers l'exemple d'un
amour aussi admirable que désintéressé. »

(*Lettre de l'empereur Wenceslas à
Pétrarque.* — Aux eaux de Wiesbaden, 15
juillet 1355.)

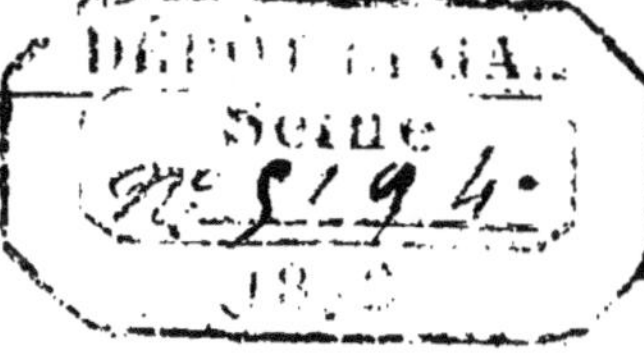

PARIS

TYPOGRAPHIE GEORGES CHAMEROT

RUE DES SAINTS-PÈRES, 19.

—

M DCCC LXXII

LES FEUILLES

DU MATIN.

—◄○►◄○►—

Vous l'avez vue à Nice : — une enfant belle et blonde,
Avec ses yeux d'azur brillant comme le feu ;
Une fleur embaumée éclose au nouveau monde,
De la grâce idéale éblouissant adieu ;
Et si belle elle était, que le mauvais génie
Sentirait sur sa lèvre expirer l'ironie
Au consolant aspect de cet être enchanteur.
Il est si doux de voir la beauté qui s'ignore
Répandre, à pleines mains, les trésors de son cœur !
Il est si bon d'aimer et d'espérer encore !
On est sitôt lassé du sourire moqueur !

O toi que je t'aime tant, douce enfant, sois bénie !
Tu m'apprends le pouvoir des candides amours ;
Devant l'attrait divin de ta grâce infinie
Je redeviens enfant comme à mes premiers jours :
Et les plus doux moments que m'ait donnés la vie,
Ceux dont le souvenir m'est toujours demeuré,
Sont ceux où, le cœur plein d'une image chérie,
Seul, en pensant à toi, dans l'ombre j'ai pleuré.
Combien j'étais heureux, quand l'heure désirée
Que, lentement pour moi, chaque jour ramenait,
Après la longue attente, à mes regards offrait
Ton souris, tes yeux bleus et ta tête adorée,
Qui, souple et sans effort, s'inclinait mollement
Comme un arbrisseau frêle aux premiers coups du vent !
Ainsi qu'un jeune faon, d'une ombre effarouchée,
Tu courais en foulant mon cœur d'un pied distrait ;
Tu courais, ignorant l'irrésistible attrait
Et la douce magie à ta grâce attachée ;
Et moi qui t'adorais, et moi, le pèlerin,
Je revenais le soir, après la course folle,
Pour chanter ton doux nom. Ma dernière parole,
C'était « Marie » ; et j'en rêvais jusqu'au matin.

C'était le six novembre, et les vapeurs légères
Couvraient avec lenteur les coteaux attiédis,
Et les rustiques fleurs, qui germent les dernières,
Jetaient encore aux vents leurs parfums affaiblis.
Personne sur la plage et partout le silence ;
Nul bruit ne s'élevait sous l'oranger en fleur.
Je ne sais quoi tout bas me parlait d'espérance ;
Un étrange plaisir me remplissait le cœur.
Je vis devant mes yeux une image adorée :
C'était elle, c'était..... pourquoi dire son nom ?
Livrer le pur secret d'une amour ignorée
A ces indifférents de la terre, à quoi bon ?
O vous ! dont la paresse ou dont la rêverie
Promène sur mes vers un regard nonchalant,
Vous pourrez la nommer, si vous voulez, Marie ;
C'est son nom, pur comme elle et comme elle charmant.
Mon cœur se souleva plein d'une ardeur nouvelle,
Je vis qu'il me fallait l'aimer ou bien mourir.
Mon cœur, à deux genoux, se plaça devant elle ;
De terreur et d'amour je me sentis frémir.

— Et mon cœur lui disait dans son touchant délire :
« Je vous aime, Marie, et n'ose vous le dire ;
N'avez-vous pas songé parfois à mon ennui,
Restant sous le balcon du matin à la nuit ?
N'est-ce pas pour cela que quelquefois la brise

Vous portait vaguement une plainte indécise,
Où votre nom béni, prononcé tristement,
Par instant se mêlait aux murmures du vent?
Oh ! je vous ai bien vue, assise à la fenêtre ;
Je ne sais quoi prenait mon cœur, je ne sais quoi
Me répétait tout bas votre pitié pour moi ;
Et moi, je vous aimais bien fort sans vous connaître ;
Mon âme, s'enivrant de rêves amoureux,
Voulut toucher la vôtre et s'élancer ravie
Vers ce beau ciel d'amour qui s'ouvrait pour nous deux.
Oh ! laissez-vous aimer ; comme une onde limpide,
Nos jours, en nous aimant, s'écouleront heureux,
Et le temps qui s'enfuit, de son aile rapide,
A peine effleurera nos fronts insoucieux.
Quand je vous rencontrai, dans mon âme attendrie
Un frisson de plaisir et d'ivresse courut.
Je ne vis plus que vous ; et c'est ainsi, Marie,
Que sous vos traits charmants le bonheur m'apparut.
L'air était calme et pur ; l'oiseau chantait ; la brise
Promenait sur les flots une haleine indécise.
Le souffle de l'amour passa : je vous aimais.
Je vous aime, et voilà mon savoir désormais.
Je ne vous dirai pas comment, au fond de l'âme,
Se glissa, malgré moi, cette soudaine flamme :
Je vous aimais hier, je vous aime aujourd'hui ;
Voilà ce que je sais, tout le reste m'a fui. »

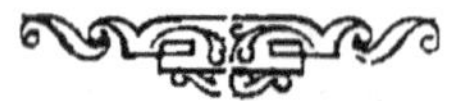

Et quand mon âme détachée,
Dans ce vaste océan qu'enfantent ses désirs,
Quand mon âme, par ma pensée,
Cherche dans les hauts lieux d'ineffables plaisirs,
A l'heure où tout se tait, où la lumière expire,
Où l'on n'entend plus rien que la voix du zéphire
Qui baise, en frémissant, le calice des fleurs,
Quand le temple désert est veuf de sa prière
Et rempli de saintes terreurs ;
Bien loin des passions où s'agite la vie,
Loin des poisons subtils que la jalouse envie
Apporte, — et ne prenant pour phare que tes yeux,
Aux yeux du Créateur, atome imperceptible,
Seul, mais seul avec toi, j'interroge les cieux :
Car c'est par ta beauté qu'en ce monde invisible
Tu guides mes désirs, mes pas silencieux.

C'est toi, quand la mélancolie
Vient, à mon âme recueillie,
Offrir un pieux souvenir
D'enfance, d'amour ou de gloire,
Ou bien, sur ses ailes d'ivoire,
M'emporte au champ de l'avenir ;
Quand mon sang bouillonne et s'agite,
Et que d'une rougeur subite

Je sens mon front se colorer ;
Lorsque je me sens frissonner
Comme, aux approches de l'orage,
On voit frémir, sous le feuillage,
L'oiseau qui suspend ses accords ;
Lorsque, cédant à mes efforts,
Vierge sainte, la poésie,
Des parfums de son ambroisie
Anime mes vers ignorés,
Quel feu circule dans mes veines ?
Dis-moi quelles clartés soudaines
Brillent à mes yeux enchantés ?
Tu le sais, ma foi, mon génie
Et mon cœur, tout : c'est toi, Marie !

Ta beauté : c'est l'esprit de Dieu !
C'est l'esprit qui peuple le monde,
L'esprit, dont la source féconde
Survit aux temps qui ne sont plus ;
C'est l'esprit qui dit aux étoiles :
De la nuit parsemez les voiles,
Et levez-vous quand le jour fuit ;
Au soleil : Dispense à la terre,
Avec des torrents de lumière,
La fécondité qui te suit.
C'est lui qui, sur le bleu rivage,
Dans mon cœur fait gronder l'orage,

Et mon amour, dans sa douleur,
Chante un hymne à mon Créateur.

C'est lui qui m'a crié : « Poëte, prends ta lyre,
Chante ma créature en ton noble délire,
Chante mon paradis en disant ses yeux bleus ;
L'amour est le chemin qui te conduit aux cieux !
        Raconte qu'elle est belle.
Prends ta lyre, ô mon fils ! je mettrai dans tes vers
Quelques accords ravis à la harpe éternelle
Pour chanter mon chef-d'œuvre aux yeux de l'univers ! »

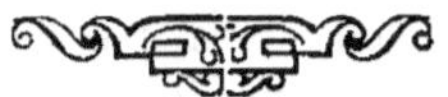

Écoute-moi, Marie, écoute, quand la terre
Recouvrira ce corps qui doit sitôt périr,
Viendras-tu quelquefois, à genoux sur la pierre,
Prier pour l'amoureux qui, pour toi, va mourir?

Quand la mort me tiendra sous son horrible étreinte,
Dis, te souviendras-tu de celui qui passa,
Des chants du ménestrel, de son amitié sainte,
De son amour sans fin et que rien ne lassa ?

Quand je ne serai plus, si, faute involontaire,
J'ai pu, quand je t'aimais, offenser ta fierté,
Pardonne-moi, Marie, et par une prière,
Au-delà du trépas, garde-moi ta bonté.

Le Ciel n'a pas voulu que, longtemps sur la terre,
Je marche à tes rayons jusques au dernier jour ;
Je m'en vais loin de toi, mais non pas solitaire ;
Je t'aime, oubliant tout, excepté mon amour.

Assez d'indifférents entoureront ma tombe
Et jetteront au vent d'inutiles regrets ;
Qu'une larme, du moins, sur ma dépouille tombe,
Une larme de toi, toi seule que j'aimais !

Oh ! viens, quand du zéphyr la harpe éolienne
Gémira, suspendue aux feuillages des bois,
Viens pleurer, et dis-toi : « Cette voix est la sienne,
Il redit mes beaux yeux ici comme autrefois. »

Je ne te dirai pas mon angoisse insensée ;
Le soir, vers Orléans, quand je te vis partir,
Mon cœur t'accompagna ; mais mon âme lassée
Ne trouva plus de force et se laissa mourir.

Loin de celle qu'on aime ! oh ! l'atroce souffrance !
N'avoir là, près de soi, nul à qui se fier !

Poser sur des cœurs froids son cœur sans espérance,
Ne savoir que gémir sans savoir où prier !

Tout seul ! car au passé j'ai jeté l'anathème,
Et voyant dans mes yeux son grand œil se plonger,
Je lui dis : — « Lisez-moi, c'est une autre que j'aime
D'un amour éternel. — Et Dieu va vous venger ! »

Et cet excès d'honneur et délicatesse,
Il n'a plus cours, je sais, qu'à la banque des cieux ;
Mais, dans ces jours perdus de honte et de bassesse,
La vérité, Marie, est un titre à vos yeux.

J'épiais le moment où viendrait ta voiture,
J'étais venu la veille, aussi, dès le matin.
O mon unique amie, ange bonne et si dure,
N'es-tu pas triste un peu songeant à mon destin ?

T'adorer, te chanter et passer solitaire,
Ainsi qu'un étranger que tu ne connais pas,
Dis, ne vaut-il pas mieux le repos sous la terre,
Le tranquille sommeil que donne le trépas ?

Et je te vis passer un peu pâle et pensive !
Un grand voile d'azur flottait sur tes cheveux ;
Mais toi, tu n'as pu voir une larme furtive
Que j'essayais en vain de cacher à mes yeux.

Un jour, le vingt-trois mars, la séve printanière
Courait en inclinant les fleurs autour de nous ;
C'était le samedi, ce fut la fois dernière
Que je pus contempler ton œil profond et doux.

Ce regard plein de feu, de candeur, de noblesse,
Ce regard adorable, au front d'un séraphin,
Plus frais que le zéphyr, quand le soir sa caresse
S'en vient pour rafraîchir des chaleurs du matin,

Dis-moi, s'est-il voilé pour punir mon audace ?
Ou jetait-il encore un rayon affaibli
Disant : « Je vous pardonne, ami, je vous fais grâce
Pour prix de la douleur à votre front pâli.

» Je vous ai soutenu, chaque fois, au calvaire
Auquel, dans ma raison, j'ai soumis votre amour ;
Vous dites que je suis et rebelle et sévère,
Et vous, dans votre cœur, rentrez à votre tour.

» Comme les doux parfums de sainte Magdeleine,
Vous avez répandu chaque jour, à mes pieds,
D'un amour embrasé la coupe trois fois pleine :
Vos erreurs et vos torts sont-ils donc expiés ?

» Et quand, rhéteur disert, vous vantez votre flamme,
Exaltant la prudence et la discrétion ;

Répondez franchement et dites, sur votre âme,
Si vous n'aviez pas tort et si j'avais raison. »

Et la vapeur bientôt t'emporta sur son aile,
Je pus t'apercevoir dans un suprême effort ;
A ce lugubre instant, tu me semblas plus belle,
Et peut-être attendrie à mon malheureux sort.

Je crois puisque je t'aime, et je fis ma prière ;
Et mon cœur se brisa, plein d'angoisse et de deuil ;
Ma raison vacillait, à cette heure dernière,
Comme un cierge tremblant sur le bord d'un cercueil.

Et je t'aurais perdue, extase belle et sainte,
De l'Éden de mon âme éblouissante fleur,
Étoile au cercle d'or, aux grands yeux bleus, éteinte
A l'ombre qui s'étend autour de mon malheur !

Et je te vois partir, et tout mon ciel s'efface. —
— Vous me destiniez donc la croix en me créant ?
N'avez-vous pu, Seigneur, à vos trésors de grâce,
Pour votre serviteur, trouver que le tourment ?

Écoute-moi : — mon cœur souffre une peine étrange,
O Christ ! ô doux Jésus, redis-lui ma douleur !
Je l'aime, ô Dieu d'amour, d'un amour sans mélange,
Et d'elle tu voudrais me séparer, Seigneur ?

J'étais venu vers Dieu pour lui dire : — Je pleure,
Et je l'aime ; l'espoir m'avait fait son époux :
Un amour immortel ne veut qu'une demeure,
Car l'aimer, c'est avoir sa place près de Vous.

Vous avez fait un signe et nous nous rencontrâmes,
Et nous avons passé sur le même chemin.
En me créant, Seigneur, me fîtes-vous deux âmes,
L'une pour le bonheur, l'autre pour le chagrin ?

J'étais venu vers toi pour prier et l'attendre,
Pour l'attendre à genoux sous tes regards sacrés,
Comme un enfant, ô Christ ! auprès d'un père tendre,
Attend la bien-aimée ou son frère égaré.

Et j'ai chanté, huit mois pour elle, le cantique
De cet exil du cœur où je suis condamné.
O Christ ! enseigne-moi la langue prophétique :
A l'éternelle croix m'a-t-elle abandonné ?

Je le dis simplement, je le dis sans blasphème,
Ton geste, quand tu veux, fait chanceler les cieux.
Si je dois à jamais perdre celle que j'aime,
Couche-moi, dès demain, au tombeau des aïeux !

Oh ! quand tu me berçais, Amour, quand la Folie,
Me prenant par la main avec un gai souris,
Au bruit de ses grelots me guidait dans la vie,
Et quand je promenais mon orgueilleux mépris
Pour tout ce qu'on disait être crainte ou tristesse,
Insensé ! j'ignorais que déjà le malheur,
Au détour, attendait ma seconde jeunesse
Pour la frapper soudain et la frapper au cœur.
Arbre aux mortels poisons, arbre de la souffrance,
Tes rameaux desséchés ont, sur mon front pâli,
Étendu pour jamais leur ombre et leur silence !
Hélas ! qu'il est amer, ton fruit que j'ai cueilli !

En me voyant souffrir d'une peine inconnue,
Quelques-uns m'ont compris et beaucoup m'ont blâmé.
Pardonne-leur, Marie, ils ne t'ont pas connue,
Ils n'ont jamais souffert, ils n'ont jamais aimé.
Mais moi, quand dans la nuit la terre est endormie,
Je me mets à genoux, je prie et pense à toi ;
Et, lorsque j'ai prié, je crois, ô mon amie !
Je vois ton doux regard arriver jusqu'à moi !
Et je rêve du ciel, en t'adorant, Marie !

Seigneur ! épargnez-moi les douleurs du réveil !
Mon âme, quand je dors, se perd en son image,
Plus heureuse que l'aigle en passant d'un nuage
        Aux embrassements du soleil.

Je vis dans son amour mieux que dans la lumière.
Oh ! ne rouvre pas ma paupière,
Laisse-moi mon songe vermeil !

Enfant, les harpes éoliques,
L'hymne des nuits de l'Orient,
Un ange à l'hymen souriant,
L'orgue pleurant au sanctuaire,
Un rêve au chevet embaumé,
Ne diront jamais ma prière
Quand je vois ton regard aimé.
Le paradis est dans ton âme,
Je ne le comprends pas sans toi.
Le bonheur n'est pas sans la femme
A laquelle on donna sa foi.
Au ciel quand votre âme est ravie,
L'espoir s'éteint dans le bonheur.
L'amour seul mesure la vie
Sous les portiques du Seigneur.

Et je t'aime, et pas un archange,
Éperdu près du divin roi,
Ne pourra l'adorer, mon ange,
Jamais, comme je t'aime, MOI !

Paris. — Typog. G. Chamerot, rue des Saints-Pères, 19.

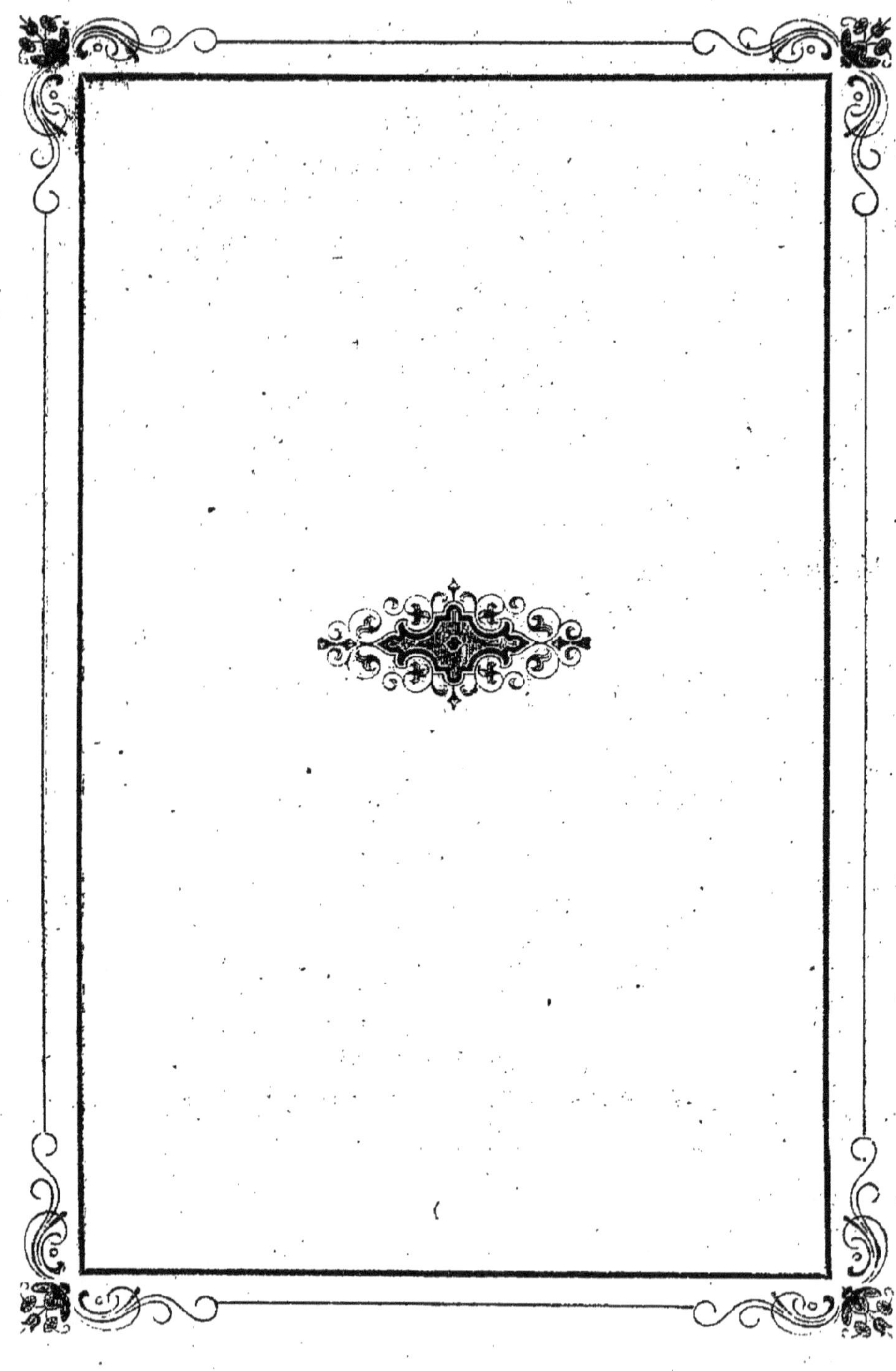